一个词的重量

字童 著

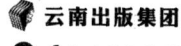
云南出版集团
云南人民出版社

图书在版编目（CIP）数据

一个词的重量 / 字童著. -- 昆明：云南人民出版社，2021.7

ISBN 978-7-222-20141-5

Ⅰ. ①一… Ⅱ. ①字… Ⅲ. ①诗集－中国－当代

Ⅳ. ①I227

中国版本图书馆CIP数据核字(2021)第101572号

责任编辑：苏映华
助理编辑：梁明青
创意设计：郭磊锡 师 彪
责任校对：毛 雪
责任印制：窦雪松

YI GE CI DE ZHONGLIANG

一个词的重量

字童 著

出 版 云南出版集团 云南人民出版社
发 行 云南人民出版社
社 址 昆明市环城西路609号
邮 编 650034
网 址 www.ynpph.com.cn
E-mail ynrms@sina.com
开 本 889mm×1194mm 1/32
印 张 7.25
字 数 100千
版 次 2021年7月第1版第1次印刷
印 刷 云南荣德印务有限公司
书 号 ISBN 978-7-222-20141-5
定 价 68.00元

如需购买图书、反馈意见，请与我社联系
总编室：0871-64109126 发行部：0871-64108507 审校部：0871-64164626 印制部：0871-64191534

版权所有 侵权必究 印装差错 负责调换

云南人民出版社微信公众号

目　录

一个词的重量

一个词的重量

一个词的重量

忆仲甫

二月初春，革命和自由在柔枝嫩叶之处分道扬镳

时间无力发酵的动静，是声音的摆设

你怒发冲冠的一瞬间，是一百年的漫漫长途

可是一百年过去了，你是否知道

南方比北方寒冷得多，记不清有多少次

陶然亭的雪都争先恐后地，飘落在我南方的地界

记不清我是醒着，还是睡着

记不清是核武器，还是宗教，谁掌控了这最后一点寒意

而今，已入春，春天难以续签你的版权

知识分子难以出版大量的春风

就连唯一拿得出手的作品，也只有这一滩

忧伤的湖水，它映出了保皇派的倒影

映出了北平街头赤胆忠心的噪音

2021.2.10

八个春天降临在你的两鬓

正当一匹马被一场雨打湿

世态炎凉的烟气，就会划入我的咽喉

已经记不清是哪一夜了

在红河的起源地

八个春天降临在你的两鬓

整个亚热带就开满献给国王的花

谁的月亮，谁的经济体系

谁的后裔，谁的孤独

谁春光满面又愁眉不展？

在真理校舍，我整夜整夜地失眠

整夜整夜地忏悔，自己在几千年前

所养成的臭毛病

而你，召集了春天皇室的全体成员

在光明的落脚点，侵犯了黑暗的一切知识产权

但在这个石头比人心更懂得自我表达的春天

你必须要用尽半个季节的稠度

来升起我肺部的月亮

必须用我眼部的雨水，去湿润至少三个朝代

每一夜，你都要耕种一把谎言或真心话

用汉语施肥，用动词灌溉

至少在这个春天

你要以个体性为友，以群体性为敌

至于往后的日子

等所有的青山绿水都服用完消炎药后

我这幅嘴脸，再同春天一起

挂在柔枝嫩叶之处

2021.2.8

一个雕塑家的一次抒情

从屋子里出来

我们自然而然地加固了季节的公共性

相比词语和音符，冒着热气的事物

更是以危险的方式，解析着寒意的种种表象

少量的雪，从滇池内部开始构成

它们以最大的哀求，飘落在粗犷的声线上

究竟是什么样的日子

让我们如同颠倒是非般地交叉起双手

冷酷地掂量起一切阴影下的运动

又或是，跷起腿

像注视史前古器物般地，望向横向生活的尽头

风，抽打着昆明的腹部

即使取暖的过程，并非需要付出什么代价

但在寒意的颤音中，你我的一举一动

仍是一个雕塑家的一次抒情

2021.1.11

一个词的重量

远方的文盲偷走了我青春的肥料

清晨，远方的文盲偷走了我青春的肥料
在你丰收的黄昏
我只能以硕果累累的方式，保持清贫

我又怎能站在你的高度，谈天论地呢？
我一转身，整个人间就在十二月的橘子树上
变得又酸又涩

庆幸，在你发霉的现代性里
我的头发，浓缩了杜甫一生的政治抱负
我的爱情，仍是一部精打细算的考古史

就连我非法经营的青春果园
也正在合法解雇着每一个老朽的农夫

回顾这一年，我只用了一天的幽默
就抵制住了十二个月的严肃

而你，却要用一生的旧，来换我一时的新

冬季寒冷极了，你在青春的悬崖边
学习如何做一匹悬崖勒马
我却在你的经营之道中，学习如何做一道悬崖

2020.12.8

一个词的重量

北宋的月光漏了一地

木船穿过桥洞和雾
腼腆的君王也无法确信
南方的北方是否还是南方

只有躲在水草里的酒鬼确信
那西湖的水，来自北宋的家用储水器

在一个不南不北的角度
我已足够小心
但还是将北宋的月光漏了一地

我曾以老子的方式赞美过西湖的水
也曾以尼采的方式歌颂过西湖的水

但这么多年过去
我从未以一只野鸭的方式
质疑过，发抖过，回忆过

水纹一层接一层地讲述着古代的庸官

一个南方人跨过了断桥

就进入了冬季

2020.12.5

一个词的重量

灵隐

走过灵隐
银杏和人类的问题
就落了一地

阳光微弱
年轻的僧人，以冷空气的名义
解放了所有的元素

远处，一群在佛身上寻找物质性的人类
拍摄着
一群在物质上寻找佛性的鸽子

更远处
一片黄叶的掉落
就是一次哲学的迁徙

2020.12.4

手臂上的格瓦拉

——致迭戈·马拉多纳

布宜诺斯艾利斯贫民窟上空的月亮
从来自革命老区的云层里，探出头来
糖果盒球场就变得越发瘦小

风调雨顺，国泰民安的日子
就越发以球状物的方式，滚动不停

你在远处，为一个创世的故事做最后的经营
我在近处，用慵懒瓦解一个长期服用安眠药的帝国

那些比死亡更意外的事物
就在不远不近的地方，被你我遗忘

可我，从未以球迷的方式谈论过白云
也从未以球员的方式谈论过蓝天

一个词的重量

有时候，拉普拉塔河上也会漂起东方的月亮
你挽起衣袖，露出手臂上的格瓦拉
再笨拙的夜晚，也会有敏感的时候

2020.11.26

驾车驶过采莲河

驾车，穿过清晨的冷气
在一个一笔就能带过所有季节的季节
我们来不及繁殖或是说情话
就已为一生一世，构筑了新的措辞

在尚未开凿的石头内部，低速驾驶
谨慎地谈论着每一个公有化的春天
公开地臆想着每一朵私有化的白云
我们是清晨唯一的苍白，草尖颤抖的水珠

午后，我们再一次用鳃呼吸的可能性
解释着世间的美，羞涩的双肺，以及年轻的鱼
又或是在经验的池塘边，喘息
瞥视一棵即将背负起一整个秋天的橡树

2020.10.29

一个词的重量

谈论天气

我们谈论天气，需要使用多少个动词?
又或者，我们为了多少个动词
才能学会谈论天气?
由阴转雨的时候，树叶就像一支交响乐团
你要在这个温差较大的高度中
成全所有的错误性，也要刁难所有的正确性
或是，用一个笨拙的动作，放下手中的杯子
连同你不安分的名声一起放下
我不再需要胜利的时候，由阴转雨
就是一段我用动词取悦自然的经验
锅碗、牙刷、咖啡
也在爱的范畴之内
小丑是否能继续丑下去，取决于他的惆怅
而我的惆怅，取决于用什么样的措辞
去拷贝更多的丑。化丑为雨的天气里
我常坐在词汇的周围
烧水，避雨

2020.9.24

安第斯山脉的鸟

安第斯山的鸟
带着抽象的种种可能性
从这个枝头
跃到另一个枝头
一个国家的黄昏来临
肥胖的阿根廷男子
为年幼的马匹
打理起毛发，气温下降
陶器的用途
给语言提供了最优质的沉默
再次降雨，印第安人
再次替祖国保管起忧伤
与天空不站同一立场的
毕竟是大多数
农业，石头，君王的剑
敌意随时会转移至客观的战营
而你又是否知道

爱的纤维

就是顺着同一空间的不同平面

滑落而下的?

降雨,持续

看,安第斯山的云

比任何与天空相关的事物

都要高贵许多

2020. 8. 27

一个词的重量

这么多年过去了，我就快要忘记这里的一切
漫长的事物，就只剩下一个词的重量

这么多年过去了，那些焦虑的汉语
那些多愁的外语，统统被揉进同一朵云里

海水，终究会忘记自身的哲学问题
月亮，终究会忘记自身的宗教问题

唯有我，不会忘记一条通往春天的马路
和一个无路可走的春天
但我，就快要忘记这里的一切

当白昼与黑夜，公有制与私有制
抽象与具象间的问题，连同我的问题
被堆积在汉语的废弃厂时

我将用简化的月光，为后代投资一片夜空

用简化的表情，去应对这里

——我就快要忘记的一切

2020.7.23

那些有关我爱你时的汉语

在诗意和敌意等量代换的某个午后
夏日，变得黏稠
阳光下，我的鸟，将飞跃一个国家
去引导一个冬季，或一场雪

我年轻的法官同志，将在今夜的雪中
去凿碎一个古代的表情

去扶持每一朵饱受冤假错案的雪花
去整治一个生锈的月亮

而我，用肤色撰写出的日记
在黑人与白人共享同一个二分音符的昨夜
就被清洗过一遍

直到今天早晨，整个文化史从你的鼻尖滑落

那些有关我爱你时的汉语

就变得越发粗糙

2020.6.12

色彩是物质吗？

那时，在没有雪的风中，飘起了不是暴雨的雨
相比天空，那时的人间更迫切需要一个月亮

那时，我们的青春期，是藏在小活佛衣袖里的
躁动的慈悲，是草甸上坐立不安的尾巴

那时，我在比天空狭隘，在比掌心辽阔的地方
选择爱你，如同选择向最劣质的美
撒最优质的娇

那时，国王们都讨厌假日，我们都赖以春天
太阳就像图瓦人身上青涩的淤血
白云一哭就是一个黄昏

那时，冒险的男女，从某个南方的夜晚出发
在国际性的忧伤里，说着地域性的情话

一个词的重量

那时，我清楚地看见

一片飘落在马鬃上的干枯了的树叶

那时，你转过头来问我，色彩是物质吗？

2020.6.8

五月末

又一个五月末
蛙鸣与月亮在暧昧中
不断将那日的给创造了出来

这么多年过去了
在直觉的岸边，在抽象的峡谷
我仗着爱情的视力
聚焦了你的肤色，头发

这么多年过去了
我依旧用动词和烈酒
加固着每一个被对折过的夜晚

可是，多少路被哭成石头的今天
人类仍学不会边走边哭

一个词的重量

多少受惊的经验
仍要同我的木船一起
驶过你的名字

亲爱的呀，你可别怪我了
这么多年过去了
就连借给夜空的那一点浪漫
月亮至今都还没还我

2020.5.25

撒一把红色咖啡豆

春天，撒一把红色咖啡豆
整个非洲大地，便安静了下来

在那个政治被雷鬼乐低价回购的黄昏里
海尔·塞拉西一世和他温顺的狮子
还在安静地琢磨着，月亮的高度

一块中国长城上的砖，就被安静地
塞进了，鲍勃马利的肿瘤里

昨夜，偷窥完整片人类夜空的曼德拉
安静地说道：联邦制的问题，就由月亮来处理吧

今夜，忧伤的粮食就以夜空的名义
酿下一杯杯经验主义的烈酒
一不小心，就灌醉了这个不太安静的春夜

2020.4.30

一个词的重量

春意至少是不耐烦的布鲁斯

至少在这个国度
我的爱，不会拒绝
任何一只鸟与任何一条鱼的自由恋爱

至少在这个国度
我的良心，还能与每一种素不相识的饥饿
达成最基本的共识

但在今天，至少所有的天灾人祸
都还是真实的时候
我多么希望，一个习惯将不真实当幸福的国度
能加速生产出更多的不真实

今天，列车般疾驰的汉语
还在唐诗宋词中，冒着傲慢的蒸汽

今天，晴朗的资源
被他国天空，被我国天空，过度开发了的今天
春意，至少是不耐烦的

2020.4.16

一个词的重量

美，是一次性的

美，是一次性的
有时候，一次性的水，就在一次性的风中
传递出一个上亿年的信息
我赞美过风中的金沙江
是从一个声音转向另一个声音的途径里
但在雪的栅栏前，我杜绝浪费每一个词语
如同杜绝使用最劣质的真善美
而你，有所不知的是每一头牦牛
含蓄地低下头去，就会是人间的一次隐喻
而我，难以想象的是你宏伟的正面
恰巧是我喑哑的侧面
有时候，我们启程，又继续变老
最柔弱的雪，还是会顺过最无诤的僧裙
落在最坚硬的地方

2020.4.7

春天在捷克空军大楼折射出的光里

那一年，春天在捷克空军大楼
折射出的光里，变得懒惰
这几年，春天一错再错
错得像一个容不下任何观点的美丽

理论上的春天，鸟类应向温暖的国家迁移
理论上的爱情，复杂得应像蒙古族人缜密的步伐
可一错再错的春天
导致黑暗无法改善光明的质量
导致光明从不公开承认黑暗的立场

而我在唐朝用过的这个春天
我在古希腊用过的这个春天
今天，我仍要继续使用

即便，春天里的那个古老的月亮
也一错再错，我也要借它最错误的光

去用在最错误的春夜

愚蠢的春天，怎会清楚我浪漫的行为呢
等那些在一起就是个错误的情人
把所有错误的情，给抒得不再是个错误的时候
我们就可以给春天换上新的错误了

2020.3.19

致费尔米娜·达萨

我一想你，海上就吹起一百年前的风
就吹乱你的头发

那沉默的舌头下，是一艘
运输上百万句西班牙语的商船
只要海风一吹
这世上，就有我们值得去亲近的事物

那个在瘟疫和葡萄酒双双失眠的夜里
什么是我们值得去亲近的事物？
记得月亮说够了，人民说够了
古老的温顺也说够了

很多时候，被月光洒满的海面
就像你说爱我时的表情
海风一吹，散了又出现

2020.1.28

一个词的重量

雪，透过了皮肤和方言

雪，透过了皮肤和方言
在冬天的肺里
像个骑士，在为国家打仗

很难相信，在这个冬天的肺里
我们被爱情渗透
但爱你这件事，得留给空气检验

今天，雪开始融化
融雪的声音
像谣言的声音，像实情的声音
也像春天砸向热爱春天的人的声音

而我，也很难相信
在空气和监狱，不过一步之遥的情形下
我像说爱你时那样
向最冰冷的空气，打着最真实的喷嚏

2020.1.26

一条该被世人赞美的河在感冒

一条该被世人赞美的河在感冒
一个词语，一个女人
在感冒。即使，一种笨拙及沉郁的爱
也在感冒

战争需要感冒吗？
华盛顿方面和德黑兰方面需要感冒吗？
谁知道，今天，你我的耳朵
在同一条树枝上睡着了
也许，你会听到，风吹动树叶的声音
像极了这个世界在打喷嚏

粗糙是性感的
性格如此，自然界如此
在明亮的房间里，我粗糙地感冒
贫穷地使用着每一个动词
也挺好

2020.1.9

一个词的重量

待处理的是一只美洲狮的记忆

空气中，待处理的是一只美洲狮的记忆
你又是否需要一把不含铁的刀呢?

雨后，一切事物的可能性
以光滑的状态，黏在每一片树叶上

阳光也变得醇厚
只有你的背，你的臀
比雨后的泥土松软得多

2019.12.28

一个后现代夜晚

一些词汇
突然地明亮起来
一种从火炉里跃出般的明确
紧抱冬天的耳垂

月亮和头发
在古代
一定是种象征性的寒冷

在一个只有靠后现代逻辑才行得通的夜晚
我渴望得到一些词汇

可我，却听到了
猫的叫声

2019.12.16

一个词的重量

独龙夜

在这里，只有风抽打石头的声音
才是人类的忧伤

如果，我是在这里爱上你的
那我必将从一只鸟或一棵冷杉树的身上
寻找出，水域和文明的关系

它们，也必将为你肩负起
将一切劳动成本转化为爱情的可能性

我想，今夜不用在别处，就在这里爱上你
就在独龙人的夜里
就在昆明的月亮掉进嘎达曲的时候
爱上你

今夜，只有我的浪漫等同于整个人类史的浪漫
只有你，才能听出独龙江的水声
是羞涩的

2019.11.10

从你黎明的窗口到我黄昏的门前

黑色的街道，像极了某种瞌睡中的法律
从你黎明的窗口到我黄昏的门前
在鞋跟敲击法槌的声音中，逐渐生效

饥渴是一种暗示，在秋天肿痛的咽喉里
准备着挑衅每一张陌生的脸孔

一整天或一整夜
从你黎明的窗口到我黄昏的门前
动物和机器，学会了攀比和恋爱

2019.10.17

一个词的重量

古典的寒意

寒意和雨，一副试图将一切哲学问题
给解决的姿态，在昨夜
让每一棵迟钝的马尾松都笑出了声

若捎带一点雨夹雪的表情
那么，抽象的事物将被更抽象的事物所挑逗
乞丐或市长，也将选择在海的礁石上发呆

你想，没有什么能比寒意
更能拿捏住人间的东西了，即便是天意

如此寂寂的人间之夜
总有古典的音阶，抽打着现代的蜡烛

2019.9.26

儿童合唱团

很长一段时间里
他们歌唱蓝天
歌唱鸟儿
歌唱红领巾

很长一段时间里
世界太过幸福
冒险的事
都统统被童真的心，抛之脑后

而唯有一瞬间
一个儿童的哈欠
让整个世界都停下了脚步
等上了一会儿

2019.9.23

榅桲的内部

我们在榅桲的内部呼吸，以及相爱
早晨的血液掺满了果汁
时间的深度，为你我之间的距离
担当着一次次时差的风险

夜晚，月亮和白兰地
变得十足的单纯
单纯到可以不用去安抚
任何一种经验不足的文明与制度

很多时候，你我就这样
在榅桲的内部，解释着爱情和生命
而秋天，榅桲看上去越是成熟的时候
你我就越像是中东的女人
那长期被禁止裸露的脸上的某个神情

2019.9.4

他行走在她的手臂上

黄昏，他行走在她的手臂上

最陌生的事物

不是他们彼此的身体和名字

他们拥抱，一盏杏色的灯和一个秋天的肺

试图让他们在人间忘却时间的度量

在自治的第二十二个年头

某日清晨的空气使他无比兴奋

他比往常要更乐于呼吸

他抵达卡瓦格博峰下，雪在下

没人知道雪在暗示着什么

他行走在雪中

他给她打电话，他说

最勇敢的人也难走出这美丽的墓穴

2019.8.21

灿烂八月

——致敬伍德斯托克 50 周年

八月的雨，浇灌着每一个汉字
你我的爱意
有着一片无须汉语培育的优质土壤

此生，老天只会下雨
此生，你我顺理成章地忘记
天意比爱意可靠的真理

八月，织女和嬉皮士
都繁忙于人间

从繁殖到繁忙的人类文明
自然少不了你那世界性的寂寞
人间世界，也少不了那不失礼貌的天意

天意，在持续发展的第五十年
我和世界的距离

还是一个五十年前的北京
和一个五十年前的纽约的距离

倘若 Joan Baez 再次经过
格林尼治那潮湿又肮脏的街区
八月的汉字和雨
将永远失去抒情的成分

倘若你也有过买卖行为
那么五十年后的今天
我将卖出一片
伍德斯托克五十年前的月光给你，供你投资

2019.8.8

一个词的重量

达尔文的幽默

有时候，你走了
火把
还在烧

有时候
男人们都去劳作了

有时候
只有动物的逻辑
才行得通

我，不止一次地
思考过一个问题

就是，如何把握
一个夜晚？

就像夜晚如何用月亮的迟钝

把握住

人类的美

这里的山很高

水很美

蜜蜂代替了蝴蝶的寓意

真情代替了人情的庄严

而你

代替了文明

是的，只要你我都够野

2019.7.12

一个词的重量

冒险者

我，还在这乌烟瘴气的人间
学习着呼吸

你却在秃山的禅院
用你真诚的身体
揉捏着日月星辰

六月
蒙特利尔的裁缝与妓女
一个化作了风
一个化作了雨

连同你的西服与烟斗
化作了一场风雨

你说
被爱情定义过的夜晚

一夜就是一生
一生就是一夜

可在遥远的东方
哪有这么划算的事

我说
爱情，就在那黄河的水里

我们沿江而去
又沿江而来

我们的鞋
就是这样，被河水打湿的

2019.6.29

一个词的重量

此生不容错过的夜晚

这是此生不容错过的夜晚
月亮如同暴君一般，为人类权衡着一切
月下，我已分不清那鹰和鱼的眼泪

多年前的广州学海堂
和纽约的伍德斯托克小镇
月下的梁启超，月下的 Jimi Hendrix
以及此刻月下的我
都以同一种表情贪图着这夜晚最后的黑

最迷人的是这个夜晚的风
它依附着五千年的恋母情结
在夜的最深处，吹起你我枯黄的头发
而月下的爱情却以它沉重的历史感
压迫人类去向动物们学习怎么抒情

此生不容错过的夜晚
总有着此生不容错过的孤独
无论此生还是来生，唯有孤独才是我的所有家当

我，就是在这个夜晚的孤独中
笑出声来的

2019.6.17

一个词的重量

雷装相

清晨，语言和雾
都找不着了方向

险境，才勉强成为
爱的庇护所

你从热带的泥泞中
带来了雨
我在东西方不荤不素的清晨里
照顾着诗意

冒险的事
在人间还不够冒险
庆幸，还有佛指引我去冒险

那爱你这事
在人间
够不够冒险?

是的，我爱你
但不在你的预料之中去爱
就像此刻，我信佛
但不以佛的方式去信

或许，当人类理性的功德
还尚未在宇宙的险境中
得以圆满的时候

我的欲望
便已告知我
你是那全天下最性感的未来佛

2019.5.1

一个词的重量

为你预定一个夜晚

有那么几个夜晚
你一定是睡了
有那么几个夜晚
我同人类文明一起失眠

我不知道
月亮上的花
在这个季节
有盛开的意思吗?

只不过数千年来
人类与月亮的纠缠
总会在那些个夜里稍作停息

但就在那些夜里
你没有任何
盛开的意思

想必

汉语与 Jazz

李白的酒与卡夫卡的情色书籍

政治领域与文化领域

也都没有任何盛开的意思

有那么几个夜晚

你一定是睡了

但请别掠夺任何一个夜晚

这样，我便能以

爱情的名义

为你预定一个夜晚

2019.4.25

一个词的重量

在我对你的忍耐中为你抒个情

云南的湖
云上的湖
那些曾经用来呼唤爱情的水
如今都还不算老

老去的
是你泥塑的身体，草织的头发
以及一代代帝王的表情

曾经
你的美是全天下节省出来的美
是全人类忍痛出来的美

而今
你与年轻的间隔
仅仅只是
现代与现代主义

民族与民族主义
爱国与爱国主义的间隔

爱人啊！
我还有足够的责任
去将年轻的洱海更年轻化

至于老去的你
我更是迫不及待
想在我对你的忍耐中为你抒个情

2019.4.24

一个词的重量

雨天布鲁斯

本该昨天下的雨
今天才下

请原谅老天
仅仅只是用了一场小雨的能耐
便赞美出了一个国家

也请原谅这个国家
只配在小风小雨中寻找真理

重点不在于重点的转移
最好先让夜晚
去收割爱情
收割诗歌
收割劳动
收割购买力
最后再请原谅我

原谅我

无法使用人类的语言

去说爱你

原谅只有山河湖海的语言

花草树木的语言

可供我参考

原谅我的不争强好胜

只能冒着

你是人间的最善良，最美丽的这个危险

去对老天说

滚吧

本该昨天下的雨

今天也别下了

2019.4.3

四月的身体

四月，我们的身体
是一切的考核

面对一片春暖花开
百姓应当用裸露去反抗羞涩
用肌肤去反抗自然

四月的身体
比那希腊的云朵还要民主
比那耶稣的夜晚还要自由

只可惜，灵魂在人间还不配被出卖
只因它连一只鸟的翅膀都不如

而我，愿为一只鸟
去出卖我的身体

无需动用整片的蓝天

仅此一只鸟

便就足够

2019.4.1

一个词的重量

春诗

只有在你面前
我才无须遵守人类的一切秘密

甚至
单纯到能为一根木头
而舞蹈

只可惜
春天仍是一场自我的阉割

万物也都凑合着
复苏

可今夜
我不愿再使用半句人类的语言
去说爱你

就像月亮那样

挂着就行

2019.3.17

一个词的重量

火药与春天

在一个文明的短暂性失眠中
火药为春天
提供了一个夜晚

而春天
又以它的威严
给予了火药与夜空在几千年缠绵中的合法权益

今世
我在这个震耳欲聋的东方之夜
该如何去怀念
商汤，太上老君，梁山伯，孙中山？

他们又如何与全人类
共享这个春天？

爆竹声中一岁除

一个东方儿童的尿液

尿醒了全中国

2019.2.5

哑巴与月亮

昆明的夜一深，人们就统统丢失了语言

即便是春意，也不再能撩逗起

这座城市应有的羞涩

但总有高傲的哑巴，能将月亮给私有化

噢，月亮，昆明的月亮

祖国的夜一深

你便能让时间不再是金钱

你便能让所有的人都配得上自己所受的痛苦

你便能让闻一多先生的唾沫星子

和暴力镇压反内战民主学生的枪声

又多了几层存在的含义

夜，都是一样的深

但月亮究竟是哪个哑巴的月亮？

又为何高傲地将其分享于人间的夜空？

她弯弯的，像弯刀一样

仿佛要向整个失语的人间，耍上个脾气

这么有脾气的夜晚，哲学也得退半步

也就是这个有脾气的昆明冬夜

翠湖里，多了一条比其他鱼儿更自由的鱼儿

2019.1.18

一个词的重量

没有一个夜晚是不忧郁的

在这里，没有一个夜晚是不忧郁的
在轿子雪山与我母语
绸缪了几千年的暧昧之中
每一个夜，都忧郁得像个休止符

又或者，在爱情与真理相互较真的季节
这里的夜晚，就更加精密
精密得就像某种法律

但是，在那些我想你的夜晚
我的母语却显得十分廉价
廉价到对你说上一句"我爱你"
都能让我的祖国感到不安

2018.12.26

南诏

我们在月亮下
谈论南诏，彝人与汉人的杯中
自然盛满了唐朝的酒
不时也有来自宋朝的酒

在远离人类的月亮下
这里自然没有中央集权与民族冲突
没有奉圣乐与铎鞘
人们自然也会喝醉
但不知该醉倒在哪个朝代

自然地也会将那养了多年的坦荡之气
连同着我们的呕吐之物
一块儿吐向那不知是
哪一朝，哪一代，哪一位君主
所管辖的国界之内

而月亮也很自然，自然到比这一切还自然
自然到一挂就是几千年的自然
我，也恰好趁着这千年的柔与美
望了一眼饭桌上的父亲
那再自然不过的黑色皮肤

2018.11.23

需要

我需要

你的双手

来为我的干涸劳作

需要

你的头发

在风中多停留一会儿

需要

你的肌肤

去埋下整个春天

直到我满心欢喜的时候

我才需要

你的敏锐

来宽容我的一切

2018.10.26

一个词的重量

大概，你是绿色的

你与自然界
有上百种不可不描述的关系
大概，你是绿色的

但比春天更赤裸的颜色
在夜里
却很廉价
庆幸，人类还拥有月亮

在琢木郎的山谷里
你的锁骨和月亮一样古老，一样牢靠

倘若月亮能这么一直挂着
那我，定会为你
学会羞涩

2018.9.16

天那么蓝

你看，天那么蓝

蓝得让人羞愧，蓝得让时间的韧性

也无法容忍整个人世间

就在这蓝天之下

我多想和你交换彼此的秘密

交换我多余的严肃和野蛮

是啊，还能有什么比得上这么蓝的天呢?

它比我的骨头，比我的血肉

还要有情有义

比祖国的大好河山，还要性感多姿

要是我爱上了你

那我定会为这蓝色的天空

多爱你几天

2018.9.1

一个词的重量

这个夏日

这个夏日，斜阳峰下的楼房
统统学会了羞涩的表情
它们，羞涩于苍山那古典般的青春期

大理的雨比大理的阳光
要更加安全
密不透风的历史，需要再湿润一些

我理应是快乐的
比如你的名字，像是被我祝福过的国界线
比如这个大理的夏日，像是人类的童年
比如我，像是渴望过你一个世纪

2018.8.7

用我亲吻过的你的手，去修复一个被拆散的词语

用我亲吻过的，你的手
去修复一个被拆散的词汇吧
我把夜色给你
我把我饲养着的，风的声音，也给你

再用你的美
——那曾以爱的名义，冒渎过的美
去将你一贯忽视的，山川与河流
取个名字吧
我把唐宋元明给你
我把一切被隐喻过的，物质，都给你

要是你还尚未察觉，我们与这个世界的秘密
那么，就再借用你的一生
让时间的肥料，将你我埋葬

2018.7.4

一个词的重量

庙

鸟儿们，与我共用着
同一种语言

我们是快乐的无神论者
被世界挑逗着

但黑夜永无止境
像染血的爪子
走向我

而你
却在我硬朗的身体内
搭建了一座庙

并供奉了我的柔软
以及所有
对你的迷恋

2018.7.3

还有多少的温柔可供春天再刁蛮一回

在这片臃肿的土地上，还有多少的温柔

可供春天再刁蛮一回？

谁曾回答过我？泥土，风，劳动者？

还是那些妖娆的未知性？

可我不曾知晓，也一无所获

当泥土不再是泥土

风不再是风，劳动者不再劳动

未知已是已知的时候，我就要离开这里去寻找新的答案

我对人类的好奇，将更加抽象

所有的困惑，也将不再与春天和你有关

即便天空要落雨，我要的依旧是你

2018.5.18

一个词的重量

花瓶的形状

还能对你和春天，说些什么？
语言就像石头般
从我泥做的身体里，崩落

看吧，这骨瘦如柴的我
仅此只剩下对你的慈悲与迷恋

四月的风，一天比一天暖
犹如某种温柔的阴谋
不停在拷问你的美，我的坚硬

而你却不知道
我心中的泥与土已有了花瓶的形状
只怪这春天，太仓促

2018.4.29

春天的正确性

春天，再一次让我们以温顺的手段
获取着我们应有的沉默

冰与铁也以它们同样的硬度
学会与物质等同

爱人还在熟睡
我用正确的姿态，醒来
把烧开的水注入茶杯

眼看，要掉落的叶子
今早依旧垂坠于树梢

2018.3.13

一个词的重量

我将占据所有的山脉和你

我将占据
所有的山脉和你
让时间来考验我的名字
我是你俏皮的工人

那些比野性还要美的
是你的秘密
而你，却在这乐观的近代史中
孤寂得像一块铁

给我一个斯大林和圣保罗
让我愉悦你
让爱情冲破一切满足
像是被鸟儿叼去的小虫
是身不由己的欢乐

可是冬天的阳光，总是将无数种
转瞬即逝的感动与美
抛在我的床头

可我，不能就此停止文明的延续
如同不能停止爱你时的堕落

2018.1.11

一个词的重量

雪

雪，还未下，严冬遗忘的雪
像你悬坠的小手
已来不及抚摸这片沉睡的土地

这是一场喧闹的沉默
唯有雪，才是我唯一的幻想
而我，要为所有的雪，向寒意做最后的斗争

爱人，可我该如何保鲜，你与自然的关系？
即便你有着雪一样的坦然
我也坚信，雪，只为等雪的人而下

2018.1.7

美丽，是美丽的反义词

美丽，是美丽的反义词
唯有你的苍白
才是我为此而虔诚的最后善意

你是东方的肌肤
是我在泥沼中，试图将虚伪变更虚伪的
最有力保障

我唯命是从
日复一日，在你高贵的深渊中

2017.11.25

我坠入你温柔的中心

我坠入，你温柔的中心
犹如泥土与碎石

严冬
贪婪的火苗
时刻保持着
爱或被爱的快感

即便
你已知晓
爱情，是我卑微的另一种延续

即便
我是你存留于黑夜腹中的
盔甲和酒

我也要在你身上

寻求美与语言的庇护
只为躲避
文明的围捕

可温柔
始终像是某种不失硬朗的血或泪

让我不得不卷起坚硬的舌头
为你敲打
那些古老的寒意

2017.11.22

一个词的重量

清晨

我们用露水
搭建一个清晨吧，伙计
谁的爱人还在熟睡？

而我还有足够的力气
能使所有的岩石和冷杉树变得羞涩

来吧，伙计
让我们与光明背道而驰
做个瘦削的传教士
刁钻的劳动者

阳光是疲惫的
你我总在挑剔着些什么

你我要做的
不过只是一只松鼠该做的事

2017.8.12

致刘先生

你的名字是故国的马
喘息了整夜

石头与黄土
积累的
上百种表情

统统都
任你使用

2017.7.13

一个词的重量

爱情

黑夜的子弹尚未击破你的名字
而我，就此与你坠入在晴朗的腹中

黎明的雄伟已使我心烦
你却把最美妙的毛毯披在我肩上

2017.6.23

盘子说

自你离开后
你就像时间一样抽象

早晨
面包无话可说

盘子说
依靠吧!
所有最客观的想象

2017.6.18

一个词的重量

坦克和牛奶 冒着一样的热气

今早，坦克和牛奶冒着一样的热气
这个昨日就不存在的今日
沉默得太刻意

爱人，今早的早报都在报道着些什么？
华盛顿，中产阶级，北京
以及冻结的乌托邦
.

坦克和牛奶冒着一样的热气
你我理所当然地拒绝着一切未知

2017.6.2

Lady

选举

软禁

挪威的和平奖

历史的虚无

为你孕育最滑稽的神圣感

而我

一无所获

除了你的孤独

2017.5.22

一个词的重量

给 C

你是历史合法的爱人，
我将背负时间的罪名，
与你相爱。

愿你，
能唤起我对陌生的冲动，
以及爱。

即便沉默，
也别辜负了我最诚恳的疯狂。

夏夜的手捧起你的脸，
我怎能错过，那陌生时刻里，
你万种风情的展现。

可是，我唯一的担心，
或许是你的失约，
将无法造就给我更多的孤独。

2017.5.5

皮肤上的帝国

沉甸甸的阳光，照耀
我，无能从我苍白的躯体中
脱逃而去

我的骨头和血
像语言一样
一次腐化的过程
就如此简单

阳光下
你是我皮肤上的帝国

而我
流亡于我的内心

2017.4.30

迷恋你的手段

我爱你
犹如一场
恨的
慷慨展现

而恨
并非相反于
什么

它是我
不自量力的
迷恋

以及
上万种
迷恋你的手段

2017.4.18

如今，与你共聚这场千年的荒诞宴席

如今
与你共聚这场千年的荒诞宴席

请容忍，所有我为你而写的无政府主义诗句
爱人，在大革命的历史里
我有铁一样的牙齿
和雪一样的喉咙

阳光透过窗
你的表情，像乌云给夜晚守着大门
你，没有拒绝我

2017.4.13

一个词的重量

早晨，我没有拒绝你

早晨，我没有拒绝你
就像失水的鱼，学会新的呼吸

早晨，太阳是铁
敲打我的骨头

而你，是万丈的光
稍不留神
我的衰老，就被你营销出一股清新之气

2017.4.7

给 A

带上你余剩不多的爱
将那些未能延续的文明，延续下去

而我，没有足够的爱
去抗拒
或包容
一切未知与疯狂

历史
总以某种母性般的阴谋
讨好我们

社会主义政策
总统大选
华尔街的崩溃
一个吻，足以将其修复

一个词的重量

可你，却以晴朗的名义

带我走过千禧之年

并向我和历史

展现着你万种风情的保守

2017.2.17

烈日当头

烈日当头
空气和水，还存有一点不可多见的善意

数日里
北京
圣彼得堡
沉重得像两块浓痰

可是，那些还尚未被证实的
山川与河流
还是一部被杜撰的苦难史

二十世纪
只有语言和你
才是唯一可靠的尖锐

也是我身体

唯一的过渡

2017.2.14

此刻中国

掀起
那铁一样的帘

懦弱，是光明
瞬间的
积累

此刻
中国
是被宠坏的中国

2017.1.30

一个词的重量

香港

你说
干渴
犹如呼吸

噢！别忘了

我那
悄无声息的
宽阔

是你坚硬身躯
延绵而出的，一部分

2017.1.17

我们吃空了最后的腌黄瓜罐头

夜里
我们吃空了最后的腌黄瓜罐头

你沉默
翻阅《列宁全集》
停止一切对我的眷恋

第二天
你起身
离开了东德

2016.12.25

午夜，你我收割了光的重量

午夜
你我收割了光的重量

北京的黎明
却如此沉重

我们相拥，入睡
想象那些
看不见的宽阔

只有当你
还站在我面前
滑稽与自嘲
才能衬托这时代的绝望

只有当你
还未爱上我

你我，才会是光明

最好的比喻

2016.11.16

一个词的重量

今日寒露

今日，寒露
凌厉之风，像我体内
愉悦的一次蔓延

窗外已是凌乱的世界
可爱情，仍像一部被纵容过的历史
仍余留着你我的安分

抬头，看你
你坐在那儿，一动也不动
而我，也仍有理由
任由我的习惯
在你身上，实施最陌生的操纵

2016.10.8

告诉你，我是个人

你看，我的痛苦和野蛮
已是这世间，唯一的透明
告诉你，我是个人
那些渺小的真诚
所无法割舍的伟大堕落
就此累积了我的爱情

阳光依旧眷顾着大地
死亡可以悄声无息
而我，也可以悄声无息地失去
一切隐喻的能力

部分不知所措的幽灵
就藏于我的体内
他们学习说话，杀戮和呻吟
可我，也曾丢失过身体

一个词的重量

也曾与这个世界

有过一模一样的赤裸

2016.9.3

宽容

可能时间的暗语
早已不在
但总以为
身体，是时间与历史唯一的库存

莫大的误会
总能一错到底

是的
再虚无的语言
也能武装
你的喉咙

即便
人类至高的自由
犹如被唾弃的废品

但它却始终被我
合法私存着

即便
宽容
是我唯一的苛刻

但我，却还是发出了
奇怪的声音

2016.7.28

给 W

我穿过狂欢的人群
和隆隆的炮声
竭尽全力
只为逃避这个焦热的午后

我将沉重的身体
扔向乌云

她说
"睁开眼"

噢,我知晓
我将失去撒谎的权力
并将踏着猫儿的脚印
饱嗅一丝圣洁的气味

可不曾眷顾过我的阳光
再一次出现
如同挤压过我的孤独那样
再一次挤压我的疯狂

而我
犹如一个传递真理的宣传员

我瘫痪了的骨架
依旧迷恋，你的亲切

2016.7.21

爱情，暂且别侵蚀了我的孤独

那些赞美
和苦难
仅一步之遥的距离

不远处的大街
滚烫
早已丧尽理智

爱情噢！
暂且别侵蚀了
我的孤独

此刻
我那未受屈辱的野蛮
和那不需庇护的疯狂

一个词的重量

正等待你告诉我
是谁在低声细语
真诚倾诉？

2016.7.17

我

我
如佛陀
如真主

可历史总以伟大的名义
盗窃着
我的厌倦感

2016.6.30

一个词的重量

即刻

暂且不需要被拯救的猛兽
就藏于你体内

而我
是你存活的唯一证明

一种非爱情
非意志
非革命的操控

这场夏雨后的莫大空虚
被我亲吻

2016.6.29

呼吸

爱
毫不含糊地显现
它的陈腐

你，仍以晴朗的名义
任由
阳光摆布

只见空中，尴尬的鸟群
飞过

我们，仅此只剩下了
呼吸

2016.5.24

一个词的重量

无畏之躯

一些光，攀爬在白色的墙壁

犹如一次生命的颤巍

却未曾留下，任何的痕迹

是否自由也是一种考量?

在某个瞬间，善良的人，会抬起头来

看一看，这片被枝叶挡住的天空

如同一无所有的人

仅剩的爱情。噢，爱情!

即便，爱情仍是那亿万细胞

为此而反抗的唯一起伏

但无数的无畏躯体

也将会为此撒起娇来

2016.5.10

遗迹

看，石柱般的你
垂坠人间

谁都不知道
要花上几个世纪的时间

来营造
这恰好的美

2016.4.24

写在四月
——致耀邦

我，拒绝清醒
拒绝向干涸的麦地与邃密的器物
保存清醒

我，如此信任
信任那被春天玷污过的眼睛
和被密封的疯狂

悲伤与理智，我唯一的余留
可谁也无法赋予
任何的使用权

机灵的身体，走走停停
我也终会在此死去
像春天最忠诚的愚民那样
在此死去

2016.4.15

卵巢

古老而空乏的卵巢
时刻转移着
对伟大的注意
时间的把戏
会让我们学会陈列
可我，无力识破永恒

2016.4.7

祖国，春天

春风多么慷慨
似乎什么都能吹走
什么都吹不走

要是你足够自信
时间的种子
就藏在你我的体内

在一些早晨
风是最多余的

要是一阵风吹过
不知有多少娇小的乳房
将承载起这个沉甸甸的春天

2016.3.3

立春

积雪的苍山，仿佛在保鲜着什么
此刻，未曾落尽的雪
足以容忍我所有的偏见
开一扇窗，学习鸟的语言
一切来自这个世界的冲动
难免比透明极端，可阳光太快
一旦露面就会隐去
戴上眼镜，我竟忘了这是谁的一生

2016.2.4

一个词的重量

大理

世间的动物
携带着月光和空气
今夜，它们
开始编造语言
开始学习谈情说爱
那些藏在
历史与道德中的
最堕落的
嬉皮士，今夜
他们都与造物主
拥有一样的权利
今夜，还有
滚动的石头
和盛开的雏菊

2016.1.22

关于你的嫌疑

一些风，源于你的呼吸
植物们沙沙作响
任何一个关于你的嫌疑
都不能忽略

冬天是一种表情
当你独自走在大街上
冬天，就是一场错误

2016.1.20

一个词的重量

由来

你是我傲然一世之中，唯一的道德

我要和植物，石头，空气

共用一样的语言，并告诉你，我爱你

我愿做一道裂缝，溢出那些丑陋的光芒

将黑暗应有的高尚，还给黑暗

可我，却以一场冬雪的名义

揭发了所有春天的罪行

如若，这恰巧是你，给予我的一点寒意

那么，每一个把酒独饮的夜晚

便是我对你的每一次抒情，即便啼饥号寒

那也是我独有的戏剧

一望无际的，不是蓝天

我试图穿过天空，可没有谁比你清楚

它背后藏着什么

只不过，我被引力束缚

唯有鸟儿飞过的时候，才是诗歌最美的时候

并由我为你抒写

2016.1.5

主义

雪意，持续千年
这是谁的自然界？

唯有天空放任着我
而我，却是黑夜唯一幸存者

以长城一块砖的名义
以紫禁城一片瓦的名义
等待一个春天吧

世界上再枯竭的地方
也会有我的美学

2015.12.22

一个词的重量

你

比如冬天，也可以没有季节的属性
比如高原上的雪山
也可以与你共用一样的姓名
危险是美丽的一种可能
只不过，祷告
却是我安全的某种措施
在最寂静的夜里，我唯一的快感
来自宗教

2015.12.8

比真理柔软的是语言

比真理柔软的
是语言

我站在春天的
沼泽里

想象着
你的名字

2015.11.16

一个词的重量

鬼

鬼，一进一出
打一把锁

我像坠落的木枝
而你
在敲门

2015.10.11

湖水

我们在湖水的上面
秋天的弹力
让我们像植物一样呼吸

鱼儿们雀跃
一切破裂的可能性
都留在了人间

从远处望过
只有我们脚踏的船
和水
安静地摩擦着

2015.9.21

一个词的重量

麻雀和树

远处，有麻雀待过的树
更远处，也有几棵像是麻雀待过的树
除了麻雀和树
雨后的天空一无所有
荒凉是美的
只不过少了月亮和骨头

以什么样的身份，去为这个夜晚的事物
增加一些忠诚呢?
黑暗是短暂的
凄凉的是，一只只的麻雀
绕着夜空一圈圈地转

2015.9.11

静

有的地方，来不及留下些什么
便就爱上了

和时间一样坚硬的
是你的头发

也许，最安静的
才是最坚硬的

你看那些花
在春天最败坏的时候
也不会擅自选择凋零

2015.8.21

一个词的重量

比如一片落叶的速度

比如一片落叶的速度

将告知人类些什么

不必惊动，那些被摧毁过的事物

好比月亮，在无数的夜里

迟迟不会被带走

倘若真理允许，每个人

都是个爱国主义者

而一片落叶的速度

又将告知于这个世间

一些什么？

2015.7.30

忆鸟道

马铃声和方言，将我们一分为二
我知道那彝族人的山
叫打雀山

可我的小兄弟啊，那些在你裤兜里
或是被你嚼碎了的松子果
才是人间最美的比喻

十三年后的这个夏日
没有鸟儿，没有松子果
也没有你羞涩的表情

马铃声和方言
也能将我和这个世界
一分为二

2015.7.9

如纸

总有些说不出口的话
很轻，如纸

我们制造一场雪吧
然后再谈论
人类和哲学

没有什么
是比一个词语还要遥远的

今夜
我们在一个形容词的褶皱里
喝着梅子酿的酒

何不将幸福
变得更无意义一些呢?

你看

天空从藏青变得深黑

也如纸一般，很轻

2015.7.10

一个词的重量

见证

别让每一寸泥土
都留下任何的痕迹
也别埋没了那些被鸽子咀嚼过残渣
今天，要相爱的人
请改日再爱
请把最后一点自我，还给自我
像空气那样，没有身份般地任由他人呼吸
也别为一些不足为奇的足迹
大惊小怪，说不定
那是最为所欲为的人
不轻易留下的脚印

2015.7.1

等待（一）

我必将忘掉漫长的国界线
以宇宙的名义，向动物学习入水或上天
对你的疑惑，也不得不停止

也好，今夜我只饮酒和想你
还要借用故乡的冬天，黑龙桥，细雨
来定义遥远的含义

2015.6.14

一个词的重量

等待（二）

夏天的叶子黄了
在一些不起眼的角落里
有野猫的脚印

我要告诉你
我在亨利·柏格森和曹雪芹之间
为你臆想了四季

你却是我的佛祖
和所有人一样使用着同一种语言
动作和表情

只不过
我是多么讨厌降雪的冬天呀

我又该做些什么呢?
在融雪的瞬间

你想，再寂静的雪

也不曾为冬天分担过半点的寂静

2015.6.15

一个词的重量

等待（三）

有些风，像是被挂在了树上一样
而那些黄叶又像是在告诉着你些什么一样

这一年的夏天，北京多多少少
下了一些雨

你不得不和我一样
必须向雨水学会点什么

也不得不向长安街上的灯
学会点什么

2015.6.16

英雄

木质腐朽
掏空钉子
听，他们开始称我叫匠人

2015.6.8

一个词的重量

突然想到冬天

突然想到冬天，一连几个关于白色的问题
不得不为你暂时失去隐喻的能力
并委托起一个古希腊的意象

而你吃饭，睡觉，行走
我编造语言，好让空间也暂时脱离时间的制裁

现在，突然想到冬天
那些温白之下尚未惊动过的事物

要是停止你所使用的一切语言
那么，最新鲜的一定藏在你的体内
并由我掌控着

2015.5.26

风后

下午的阳光透过窗户，压着你的身子
正如你手中的笔，所写下的字
压着本子，任你翻阅

再也没有其他的声响
安静都是多余的
多余到让你成为这个国家最美的人

要是魂能随意而飞
我愿闯入夏天的风里
直到风停的时候，等待安静的另一种可能

2015.5.18

一个词的重量

立夏之后

房外有树

以及鸟鸣的声音

它们安静地交配、繁殖、筑巢

难免也会为这个夏天

感到恐慌

更远处的树

稀疏、立异、渺小

要是一场夏雨来过

我们便会像做贼一样地

留意每一次呼吸

2015.5.12

植物和你

它摇曳或静止
即使是在白天
一切声响
都是它在我耳朵里的美
——要是一生只有一次与灵魂的交往
那么我愿意使用最简单的
简单到，见到你就爱了

2015.4.23

有的灰尘落了下来

有的灰尘落了下来
给我一间屋子
整个春天，只有劳动和爱情

肥厚的橡皮树叶啊，一定要在
刮风的时候，带上灰尘和灰尘上的指纹
我也会带上我的粮食与爱人

夏天就要来了，你是否还有什么遗憾?
夜晚最安静的事物
也并非来自声音的范畴

而现在，每一个来自春天的盲者
都不由自主地眨着眼
我也试图向最敏感的事物，眨了眨眼

在那个瞬间，我要让呼吸暂时忘掉空气

就像一片泛黄的叶掉落水中

却不曾惊动过什么

2015.4.21

一个词的重量

多余的黑色

那些在夜里，才会显得多余的黑色
它一定来自白昼

月光只有在皱褶的被上
才会是皱褶的

那些夜晚，我也是透过窗帘
眯着眼望月亮

2015.4.16

致海子

必须以春天的名义
告诉空气和水
你我都是
物质短暂的情人

只不过，这么多年过去了
我的存在
和你的死亡一样
都是伟大的另一种解读

2015.3.26

一个词的重量

春天仅有的庄严

黑白，仅此是黑与白
相接之下的另一种颜色
春天何尝不是这样一种交界
无知而愚蠢的
辩证着一切
我们于人类至高的沉默中
学会了自然的庄严
在南北之间，在饥饿和质量之间
唐宋元明清之间
而春天仅有的庄严
只不过是春天未经允许
每一朵花，都不得
擅自开放

2015.3.25

那个叫萍夏的人

那个叫萍夏的人
一生只关心人类和宗教

雨水带着天空的喘息
淋湿整个人世间

雨一直下
萍夏的门一直锁着

2015.3.18

配角

春天开始敷衍

已不在一草一木间

留下它，最隐秘的迹象

原本属于春天的柳絮

每一次纷飞，都出于

每一个等风的人

要是我们都将春天应有的权利

交给时间，迎合天空的就不再是

飞鸟与白云，而那些

不会说话的柳絮，它们安静地

纷飞于天空

成为这片天空中

独有的配角

2015.3.6

时间为季节立法

冬季一过
无数个拥抱
对立着一个瘦瘦的春天

时间为季节立法
还是说不清
春风和花儿的社会关系

要是你我都坚持最好的
那就意味着

你我都愿意用白云的眼光
无视春天在大地上的一切常规操作

2016.3.2

海

海是孤独的
海浪是自由的

海是有形的
海水是无形的

我站在海岸上
可以离开
也可以一头扎进水里

2015.2.10

游苍山记

那些
误入了历史的山和水
和我共用着
一样的姓和名

2015.2.5

一个词的重量

比黑暗更劣质的是光明

苍山，白雪
藏青色的天，湖泊

我们各自带着不一样的寒冷
来自同一个冬天

比黑暗更劣质的
是光明

我们仅此的选择
也只有光明仅此的温度和明亮

可还没来得及饱和世间的太阳
就已制造着日出与日落

2015.1.27

南方雪

原本属于北国的雪

落在了云南许多不太起眼的偏郊

和我童年时

在竹林里

播种的孤独一样

总有些腼腆

模糊了清晨与黄昏

2015.1.9

一个词的重量

轻

那些灰尘中含杂着的小细毛

在空气中翻腾

光线饱满

它们千篇一律地落下，那么安静

有时候它们会落在

我的书上或桌上

又或是在杯子中沉浮

有时候，我们就像

冬天的空气

彼此轻到可以瞬间遗忘

2014.12.16

房间里的窗帘

房间里的窗帘
就像一块用于遮掩的大布
一些多余的光
会被大面积的黑暗抛弃
然后安静地粘带在
窗帘的边沿，很多时候
我看到窗帘带着光痕
呼吸般安静地上扬或是下坠
在一些没有光的晚上
偶尔的车灯晃闪
车灯安静地，会在它的身上
也会在我的脸上，轻轻划过
那些夜里，我们呼吸如故
可谁也看不清谁

2014.12.3

一个词的重量

我试图去做一个蓝色的人

蓝色，没有半点的隐忍力

也没有任何理由，拒绝与天空

彼此一生的代替

我试图去做一个蓝色的人

将一切忏悔和遗憾

统统填充，直到它们不存在

直到能以天空的名义，说爱你

可我忘了夜的黑暗

在无数黑色的夜空下

我唯一的慌张，如同白色

一染便黑

2014.11.10

绿色植物

窗台上有一些绿色植物

阳光下，它们始终不渝地

饱和着它们仅有的绿意

本该由时间执掌权力的

而万物发生的时候

阳光如同命令，普照而下

就像无数僧侣，紧抱西藏大地

这些无处容身的植物

在瓷制的花盆中，度日如年

我见证过它们的生死

那是极其安静的生命变迁

比生死还要安静的

是隐藏在它们尖角，枝茎，叶片上的

干枯后发黄的斑迹

只见在无数早晨的阳光下

点点斑迹随着翠绿的枝叶，一闪一闪

显现出它们一生中，仅有的明亮

2014.11.4

一个词的重量

栾树下

栾树叶黄了

干枯、落地

树干像没有皮肉的骨头，张开着

像栾树这样少见的植被

遍布于日本、朝鲜

还有北京

如果不是即将而来的冬天

窗外的繁枝茂叶

也不会不足为奇地充斥着余下的季节

在十一月初冬的北京

我想到十一月初冬的下关

街上横向并排的梧桐

在极为凌厉的下关风中

不时向左或向右摇晃

树叶迂回街道与空中

碎裂了的树叶渣，随风而散

最终与灰尘化于一体

只有极少的树枝流落街道

同垃圾一样被路人忽略

在北京刮风的夜晚

栾树叶会发出破碎的声音

唯有几小片树叶垂坠着

它们安静的样子

同比黑夜还要黑的事物

被一起映照在天空

这是冬夜，栾树最为生动的时刻

而我就是在这个北京冬夜的栾树下

将下关梧桐的模样

想象了一遍

2014.10.30

竹林地

已经很少去竹林地了

老家围墙背后

相连而成的竹林

无论何时，都会随风作响

然后悄悄落地

就像冬天的雪花

用它们固有的渺小

掩盖着这片土地

黄昏，竹枝上的片片竹叶

映照在夕阳里

百听不厌的声音是

竹叶涌动的声音

而最凄凉的声音是

风一阵阵地

吹向寂静的下一个瞬间

2014.10.29

诗人之死

有的人想死一回
有的诗人想死一回
在夜晚最安静的时刻
要死的诗人都死了
剩下要死的人
往往会像诗人那样
在夜晚最安静的时候
琢磨生命的意义

2014.10.17

一个词的重量

指手画脚

一群聋哑人走过
偶尔有人
对他们指手画脚

阳光越是强烈
语言就越发寂静

有那么一瞬间
他们在阳光下
也以相同的方式对人们
指手画脚了起来

2014.9.30

这里看不到月亮

这里看不到月亮
我就想象月亮
想象着，故乡的月亮

夜色如同舌头
舌头一卷
就是一片夜色和一盏灯的较量

最污浊的事物
也会随着夜色
从光的深处溢出

似乎故乡的夜空
偶尔也有看不到月亮的时候

一个词的重量

月光一阵阵地

照亮一切污浊

这样的场景，也偶尔会被我想象

2014.8.20

在北方的深秋看太阳

在北方的深秋

看太阳

北方的深秋

太阳不那么刺眼

红红的像个球状物

我安静地看太阳

安静地发现

太阳的柔与弱

同我一块看太阳的人

总把我的安静

当成悲伤

2014.9.30

一个词的重量

海边

有些绿色的海草

躺在沙滩上

没有人知道

海里的事

我走在海边

沙粒穿透鞋缝

海草安静地躺着

最安静的海草

顺着波浪走了

2014.8.21

穿梭声

我听到耗子在草丛中

发出的穿梭声

它在潮湿的草根间穿梭

像子弹一样栽入土壤的松软处

这段刚消失的声响

足足两秒，这是一只耗子

仅用了两秒钟的时间完成的一次逃亡

很快，它安全地将头伸了出来

接着，它又横穿了草丛

驶入了街道

再一次离开了草丛

而这一次发出的声响

也刚好两秒不差

2014.7.22

一个词的重量

人和鼠

其实人和老鼠
一模一样
只不过老鼠的尾巴
人长不出来

老鼠，它还能
躲躲藏藏地
将一整块蛋糕给偷吃掉

2014.7.12

乞讨

她在街头
卖力地推着音响
向每一个路人
唱着
世上只有妈妈好

她更像是说一样地
唱着

2014.7.3

对鬼的尊重

鬼，终究没有以
那副人们常说的模样
出现于人间
我也不再称它们为"鬼"
只有这样
才能给那些
真实存在的鬼
一个起码的尊重

2014.7.1

颜色

将音量调高
在一首歌的高潮里
几个熟悉的人
也会感到羞涩

2014.6.17

阳光照在山坡上的颜色

阳光照在山坡上

我们分辨不出那颜色

是山本身

还是太阳本身

直到黑夜

我们常常会琢磨起月亮

月亮比夜色

还更惨淡

因为灯光

人们不再依赖月光

其实，那种颜色

是山本身的

只不过是太阳

要比月亮大一点

2014.6.4

食物

他看她
如同看食物

从昨天到今天
更多的人
看到了她

2014.6.4

新农村建设

那年，辅导员进入山区

如同那年，知识青年们下放

那些日子，山区的村民

年老的都纷纷过世

他们安静地来，安静地走

他们安静得让人看不出是死是活

有时候，他们抚摸他们的手腕

摸不着，也不知道

脉搏的位置

在建设最激烈的阶段

常常能听到有人说

脉搏跳不跳，那是医生的事

不如把耳朵贴到胸口

听听心脏，还跳不跳

2014.5.24

车站接我的纳西族老友

高原上的火车
一路向北
接我的老友早已备候

2500 米海拔上的纳西族男子
有一身黑色的皮肤
和一只尖锐的鼻子

车窗外，天空的蓝
变得深邃
那另我并不陌生的
黑皮肤和尖鼻子
也在我脑海里逐渐深邃

火车入站
所有的深邃
都变得更加深邃的时候

我的纳西族老友

是否也和我一样

不用目寻四方

2014.5.13

狗与爱情

一只流浪狗

在夜里奔跑

星光璀璨

我看着它

若灵魂能随意飘荡

我会一头扑向它

当它向我奔来时

说不定我会

感到羞涩

2014.5.7

云南的天

云南的天

蓝得苛刻

蓝得仿佛憋坏了一大把的幸福

飞机在云南上空飞行

阳光强烈

万里无云

游客们赞不绝口

而我始终为自己是个云南人

保守着身份

2014.4.23

春末

车向一片不知是不是樱桃树林的地方驶去
摇开窗，等风
风中，一朵花仅有的一片叶
也许是这个春天仅有的一丝线索

几声狗吠
我看到那满地的
不再呈艳色的花瓣
和无数棵结满果子的樱桃树

2014.4.16

一个词的重量

马航失联客机

客机在

越南海域上空失联

失联那天

全世界的人

都各忙各的

那天，我们经过河边

我们点了烟

说起那片

浩大的海域

也看了看

这条

径流普洱市

注入澜沧江

直达越南的

西洱河

2014.3.14

性开放

大半辈子过去了
老两口
还是坚持
不生小孩

2014.3.13

玻璃窗

一只苍蝇
无数次地撞向
同一面玻璃之后
便停落在天花板

也就在此刻
我打开了所有的
玻璃窗

2014.3.2

顺声找狗

狗叫的声音
一下惨淡
一下猛烈
在顺着声音
去找狗的时候
我看到几个小孩
在模仿猩猩
走路的姿势

2014.2.27

一个词的重量

立春之后

1

车子翻过山头
又一次看到
家乡的坝子

只不过
山上的坟头
又多了许多

2

久久不起风的城市
风筝
也惊呆了

3

多少年来
都是“出入平安”
“大富大贵”

只见
聪明的人家
还贴的
去年的春联

4

落地的
残花烂叶
比新开的
红花绿叶
幸运得多

一个词的重量

它们

顺利地躲过

将被提取

食物、药物、标本

的可能

2014.2.6

摇滚明星

我能想象他巡演时的样子

在大理的街头
我遇见他

我们相互望了一眼
便擦肩而去了

此时，我更能想象出
他更多的样子

2014.1.24

像个孩子一样

孩子
将玩具积木
堆积得很高

他敏感一切
却无能
反抗

2014.1.15

乞讨者

没有谁愿意
将衣服
穿破

于是
不得不穿上
破衣服

2014.1.2

一个词的重量

假好人

用高温烫水
灌溉
一片森林

2013.12.22

停电

我们在
后工业的时代
依旧看不清爱人的眼睛
当这个城市
通电的
瞬间
会有多少的一无所知
变为
尴尬

2013.12.9

想着想着，就忘记了

我只会是一只蚂蚁

被你不轻易地

踩死

2013.12.8

恐惧美好

电脑播放完了

貂和貉

被割皮取毛的画面后

我想起了

格林

和安徒生

他们制造的美好

更让人恐惧

2013.11.27

一个词的重量

比酒还动人的酒杯

酒，真动人
当我不再享受它的那刻起
我几乎每一天
都端着比酒还动人的酒杯

2013.11.16

树

那些看上去
都是同一种颜色的树木
似乎比我还要饥饿
只不过
它们枯萎
还能再生

2013.11.13

灵境胡同

很早的时候
天就黑了
我看不清小饭馆，垃圾房
超市，四合院
里面的灯还亮着
在这个平凡的北方夜晚
我比任何时候都昂贵

2013.11.6

坟

爷爷一直不愿意
跟我们回城里去生活
在回程的车上
我才看到
老家那山头上的
坟
比山下的房子
多得多

2013.11.4

酒史

他俩
是从自酿酒
喝到茅台的

2013.10.28

和谐

农村的土狗

冲向外地人叫喊的时候

当地人都习惯

伸手指向它

表示命令，让它闭嘴

更让我敬佩的是

他们竟然用人类的语言，对它说

"日你妈，滚一边去"

2013.10.3

那晚我走得早

那晚
我的朋友喝多了
他对我说
他的家事
告诉我他有多么的痛苦

那晚
我早早就回到家中
我把所有的哲学书籍
藏了起来

2013.9.25

双乳

我早已不是
一个哺乳期的婴儿
但今天
我很感激
母亲的双乳
对此
我想为这对双乳
买一份保险

2013.9.21

看海

船上的人不会说话
海，就像哑巴的眼睛
下午的海
是会流泪的海
我们在船上，抽着烟
没人知道
我们的病有多严峻

2013.8.3

消息

此刻伦敦
一场雨，淋湿了资本的力量

广告牌长出了耳朵
你用心去听
就是一个消息

用一个消息，做一笔买卖的伦敦
此刻，在雨中
迎接故国的商家

2013.5.17

一个词的重量

苍山

1

走失的树林
像一位死者的名字

马铃下
失明的一代人

矛与盾
孕育天空一般的性情

2

一只手

只有一只阴暗外的手
伸出

云雾中
藏有你的历史
和你的名字

3

神的礼物
遗忘在人类手中
于是生成了贫贱与饥饿
瓦房看灯亮
牛羊众声叫嚷的夜晚
诞生了一个姑娘
乳汁滴下
村庄的脸
露出个木桶

2013.4.19

一个词的重量

我的老祖先

故乡的土主庙里

供奉着

我的祖先

彝王细奴逻

唐代南诏国的开国鼻祖

几年前

县里的旅游政策改革

几台挖掘机

将它凿成泥土

那些天

就在彝王出生的那座

具有强烈历史意义的村庄里

和我姓氏一样的村民们

闹腾了几天几夜

多少年后

我只能在纪录片里

看到彝王

看到它香火旺盛的画面时
我才注意到
那些多少代都过着穷日子的
村民和朝圣者
多少年来
他们就只供奉这座
泥塑像

2013.1.17

一个词的重量

读沃尔科特

当一个黑色皮肤的女人

再次走过那片朽木与锈铁的构造

甘蔗的气味，将会以灼热的方式

稳定住当日的空气。在光线转移的速度里

她的眉弓、脸颊、纯金的耳环

仍是阳光在加勒比区域最杰出的匠作

你看，生命一如既往地将草木砸向泥土

我仍羡慕着这般伟大的暴力

在同一纬度下，你我已找不出一个具体词汇

或一种行为举止，来形容那些暗处的力和美

你我也终会忘记那些有关海洋的种种典故

不会再想起那些彻头彻尾的水

曾喂养过的那片七折八扣的海域

当苔藓、鳕鱼、木桶、废弃的美产吉普

沙粒、朗姆酒、马利的摇滚歌曲

仍是你海洋般的神情所生成出的某种地理条件时

大地将因你而皱褶，街道将因你而扭曲

被殖民的母体记忆与英文字母

将因你而碰撞、纠缠、撕裂

要是你再微微仰起脸，揪弄着胡须

白色的船帆，将是风的另一种诉说

2021.4.14

一个词的重量

石头的修正主义

在几个词构成的熟悉度里
我们以一团铅灰色的雾的方式
打开了所有石头的记忆

春天从鸡血石、花岗石、大理石的内部
渗透出来，向一切无关于季节性的事物
提出新的修正

再一次跨过一个乌托邦式的水坑
我们就坐卧在绿皮的沙发上

电脑、烧水器、迪伦的模样
晦暗，但足以为一块石头的身份所触动

往更晦暗的角落挪了挪

看一块石头坠入一个词的沼泽，关上灯

我们便会享用起自己的一生

2021.4.12

一个词的重量

橄榄论

一种语调侵蚀一个季节的事实
正发生在一棵橄榄树上

小号和低音贝斯敲打着橄榄厚厚的空虚
一场风刚过，音符的真实性
便加工起了旋律的道德性

那些近处的或远处的，高的或矮的
进口的或国产的动植物们
都缓慢地寻找着"上帝"的同义词

多少次，它们的影子被拉得很长很长

没有人试图爬上这棵树
没有人公开谈论过这棵树

夜晚，月亮一旦照亮赵钱孙李的孤独

整个唐宋元明就会通红着脸
整棵橄榄树就会多出几颗不太自由的橄榄

一颗，两颗，三颗，四颗
数着数着，我竟数坏了自己的脑袋

在同一棵橄榄树上
我至少数出了两个监狱

2021.3.26

一个词的重量

在缅甸寻找乔治·奥维尔

在边境，一座山的原则紧靠另一座山的底线
那些山峦高高隆起的线条
仿佛示威者抛出的石头
划出的弧线
夜晚，月亮在上空大肆倡导平均主义
灌木、风、蚂蚁、语言、石雕像
蝴蝶、棕熊、翡翠、古人类化石
各自累积着各自的沉默
各自确立着各自的市场经济
只有从仰光一路到云南的过程
枪声和花儿的区别
才会是一滴雨和一滴汗的区别
只有从宗教性一路到野性的过程
1991年瑞典电台发出的微弱信号
和2021年全国上下网络关闭的区别
才会是偷窃者和盗窃者的区别
但就在那些区别越大

自由度就越发显著的个别春天里
总有几个犹如仰光黑夜的黑夜
沦陷在了一个犹如内比都月亮的月亮下
也总有几朵愚蠢的云，抄袭着一场风的良知

2021.3.20

一个词的重量